열병

열병

초판 1쇄 인쇄 2012년 02월 07일
초판 1쇄 발행 2012년 02월 13일

지은이 | 이기남
펴낸이 | 손형국
펴낸곳 | (주)에세이퍼블리싱
출판등록 | 2004. 12. 1(제2011-77호)
주소 | 서울시 금천구 가산동 371-28 우림라이온스밸리 C동 101호
홈페이지 | www.book.co.kr
전화번호 | (02)2026-5777
팩스 | (02)2026-5747

ISBN 978-89-6023-756-8 03810

열병

이기남 시집

ESSAY

차례

사랑을 위하여 1

가장 처절하게 그리워하면서도
우리는 아직 만나지 못하였다.
하늘이 짝 지워준 사람이 아닐지라도
우리는 우리들 스스로의 힘으로
사랑할 수 있다.

우리의 외로운 영혼은
애타게 사랑을 갈망하지만
안쓰럽게 나약한 육신은
언제나 사랑 앞에 서게 되면
반항도 없이 돌아서고 만다.

아무런 의미도 없이
하늘을 날고 싶진 않다.
조금은 슬프고 가슴이 아플지언정
사랑을 나누며 조금 여유롭게
하늘을 날고 싶다.

많은 시간에
사랑을 기다렸지만
다가설수록 멀어지는 우리는
아직은 사랑을 모른다 해야겠다.
아쉬운 모든 것을 채워줄
너의 사랑이 그립다.

사랑을 위하여 2

아직은 연약한 날개이기에
홀로의 육신조차 지탱하지 못하여
힘겹게 파닥거린다.
누군가를 애타게 기다리는 자체가
슬픔이기에
공허함을 안고 살아가는 우리는
가슴 아픔에 몸부림칠 수밖에 없었다.

아낌없이 주는 것이
사랑이라 할지라도
홀로서는 사랑을 할 수 없다.
나의 사랑은 가슴앓이.
육신의 속살을 깎아내는 아픔으로
가슴에 맺히는
처절한 몸짓일 뿐이었다.

우울하고 쓸쓸해지는 것은
너로 인한 슬픔이지만

너를 가까이 할 수 없다는 이유로 슬픈 것은
네 몫의 죄는 아니다.
좀 더 진지하지 못한 나의 아픔일 뿐.

그 동안의 세월은
가슴 저리며 저리며
살아온 세월이었다.
사랑을 위한 많은 노력 앞에서도
언제나, 느끼는 것은 아쉬움.
이제는
만남과 만남 속에서
소중한 인연을 키우고 싶다.

뭐해?

"뭐해?"
이 한 통의 문자가
나를 들뜨게 합니다

외롭다 하면 놀아 주려나
심심하다 하면 불러 주려나
마음이 아프다면 달래 주려나

졸리고 피곤해도
힘들고 아파도
로봇 태권브이처럼
강한 척 허세를 부려야 해요

"그냥 집에 있어"
나는 지금 아무것도 안해야 해요
밥도 안 먹었고
드라마를 보는 것도 아니고
음악도 안 듣고 있어요

심심하고 지루해 미쳐가고 있는 거예요

알아야 해요
알아 주셔야 해요
기도하며 기다리고 있어요
이 설렘 꺼지지 않기를
들뜬 마음 가라앉지 않기를

"그래 피곤할 텐데 일찍 자라"
울면서 코미디를 보며
뭐해 뭐해 뭐해 뭐해 뭐해
뭐해?
난 뭐하고 있는지 알 수가 없어요
아무것도 안하는데
눈물이 흘러요

열병

소름끼치는 느낌으로
발끝에서 머리끝까지
혈관 하나하나
세포 하나하나
떨리듯이 흥분 일어
서 있는 것조차 힘이 듭니다.

몸 구석구석으로
뜨거움의 열기
순간으로 일주를 하고

반항 한번 하지 못하는
내 육신의 나약함은
무너지듯 주저앉아 버립니다.

넋이 나간듯합니다
백치가 된듯합니다
죽어도 좋다고

오만가지의 상상이

내 숨통을 조여 옵니다.

이제는

이성적인 생각들이

도무지 기억으로 살아나지를 않습니다

완벽한 휴일

하늘은 맑고 시리도록 푸른
맘껏 한가해지는 10시의 기상시간
수십 개의 TV채널을 섭렵하면서도
즐기는 컴퓨터의 세계
뒹굴뒹굴
뒹굴뒹굴
이렇게 태평한 하루
자다 깨다의 자유와
약속도 찾는 이도 없는
휴식의 완벽함

꿈꾸던
일상의 조용함과 평안함
하늘은 맑고 시리도록 푸른
맘껏 한가해지는 혼자의 여유
나체로 춤을 추고 싶은
담배 한 갑쯤 몰아서 피고 싶은
소주 한 병은 나발로 비울 수 있을 것 같은

이 아무렇지도 않은 자유

행복

완벽한 휴일

조심해서 피우던 담배

술주정이 걱정되던 시간

하지 말아야 할 것

해도 근심되는 것

모든 걱정 내려놓고 시간을 죽이는

이 완벽함

뒹굴 거리는 완벽함

이 아무렇지도 않은 완벽함

완벽한 외로움

사랑해서 행복합니다

웃을 수가 없는데
당신을 보는 것으로 웃음이 납니다

마른 눈물인데
당신으로 인해 눈물도 흘렸습니다

사막이라 생각하던
내 설렘 쿵쿵 울렸습니다

아니다 했는데
세상이 변했습니다

부정하고 살지만
사랑해서 행복합니다

외로움

빈 방
토해내듯 기침을 해대고
간간이 피 섞인 토악질을 한다 해도
아무도 더러워하지 않는다
아무도 걱정하지 않는다.

수십 수백 번을 경험해도
외로움은 무서운 것이다
모질게 마음먹고 이겨내는 것보다
그렇게 이겨내야만 하는
현실이 슬픔이 된다

망설임

사랑은 아픈 것이에요
나로 인해 눈물 흘릴지도 몰라요
나로 인해 마음이 아플지도 몰라요
나로 인해 외로울 수 있고
나로 인해 화가 날지도 몰라요

사랑은 아픈 것이에요
나를 몰랐다면 생기지 않았을
수많은 슬픔들이 생길수도 있어요
상처받아 절망할지도 몰라요
나를 저주할 수도 있어요

사랑은 아픈 것이에요
내가 보고 싶어 하늘만 바라볼 수도 있어요
내가 그리워 울지도 몰라요
나 때문에 숨 쉬는걸 잊을 수도 있어요

사랑은 아픈 것이에요

나 때문에 상사병이 생기고

나 때문에 우울해지고

나 때문에 세상은 어두워질 수도 있어요

나 때문에 세상이 존재할 수도 있어요

사랑은 아픈 것이에요

수많은 아픔들 다 경험하고

흘릴 눈물 다 흘리고

이제야 평온하다 생각했어요

그런 내가 아파요

사랑은 아픈 것이에요

그래서 망설이고 있어요

모든 아픔 지우고

당신께 행복만 드리고 싶어요

다짐을 하면서 망설여요

이런 망설임이 제일 아파요

술주정

나 버릇이 있어요
아니요 아니 술주정인가 봐요
기억하기 힘든 그 시간에
당신께 전화를 걸어요
어떤 말을 하고
어떤 말을 듣고
기억도 없는 시간에
당신께 매달려요

당신이 싫어하든
당신이 미워하든
기억이 없어요
당신의 목소리로 행복한
난
그렇게 전화를 걸어요

나 버릇이 있어요
매일 전화해요

당신 목소리
듣고만 있으면 좋겠어요
어떤 말을 하고
어떤 하루를 말해야 할지
알 수가 없어요

하루가 당신 생각뿐인
난 술주정을 하고 있어요

손해

나 몸에 힘이 없어
움찔하기도 귀찮아
죽은 듯 숙면에 빠지면
꿈에는 네가 나오지

그 반가움에
내가 울어도
너는 무표정해

맞지?
이건 내가 손해 보는 거야

손해?
어…
손해라니

내 사랑이 이거였을까
손익계산이라니
힘없이 늘어져
이런 생각이라니

난 그래서 혼자이구나

눈물 납니다

사랑이 존재하지 않았던 어린 날에
이미 설렘으로 내 영혼에 자리한
당신이 있었습니다.
이젠, 사랑이라는 말에 너무 익숙해져
감각마저 잊어버린 듯하지만
여전히 당신을 생각할 때면
설렘의 흥분이 먼저 일어납니다.

세월이 흐른 지금도
당신을 잊을 수가 없듯이
아직은 늦은 것이 아니라 생각했습니다.
살아온 날들보다는
살아야 할 날들이 많이 남아있고
어렵지만
바보들의 장난마냥 쉬운 것도
또한 사랑이라 생각했습니다.
그리고 이것이 미련이라 생각했습니다.

이제는 그만 당신을 잊으려 합니다.
당신은 언제나 설렘이었지만
아픈 가슴의 원천이기도 하였고
눈물을 만드는 호수이기도 하였습니다.
오랜 시간의 당신의 염원처럼
이제 마지막 사랑을 드리려 합니다.
잊음을 약속하려 합니다.
아무렇지도 않은데 눈물이 납니다.

내가 나에게

아파하지 마
사랑은 아픈 것이 아니야
떨리고 설레는 마음
한없이 바라보고픈 눈길
귓가를 맴도는 목소리
모든 것 행복이잖아

투정부리지 마
내 맘을 몰라준다고
받아주지 않는다고
서투른 투정하지 마
내 맘을 몰라줘도
내 사랑은 끝은 아니잖아

울지 마
사랑은 행복이니까
선물이니까
웃으면서 사랑해

나는 그대 곁에 있다

나는 공기처럼 그대 곁에 있다
당신이 느끼든 느끼지 못하든
나는 당신 곁을 맴돌며
행복한 미소를 짓는다

나는 바람처럼 그대 곁에 있다
당신의 빈자리
그 비워진 자리를 채우려
매일을 불어 날아온다

난 당신 곁에 있다
울며
아파하며
그대 앞을 서성인다
사랑에 목마른
갈증 난 내가
그렇게 그대 곁에 있다

꿈꾸는 밤

하늘에 초승이 뜰 때면
몸살 나는 그리움에
차마
하늘을 바로 볼 수가 없습니다
청승맞은 부분이 저라면
나머지 채워지지 않은 부분은
당신이 아닐까 생각합니다

보름달이 뜰 때도
이 느낌 지워지질 않습니다
현실에서 채워지지 못한 사랑
꿈으로 하늘에 떠 있는 듯합니다
깨어 있어도 잠자는 듯
저 달은 밤의 꿈입니다

꽃의 소망

눈물에도
꽃이 피었으면 좋겠습니다.
가득하지만 내어 보일 수 없는
마음의 꽃이 아닌
아주 작은 꽃이라 할지라도
그대로 인해
이만큼은 아팠다고
고백처럼
당신 품에 안기고 싶습니다.
사랑도 꽃처럼
정성의 화원에서 피어나는
시각적 아름다움이었으면 좋겠습니다

꿈결

하루가 당신 생각입니다
무엇을 하든 지나가는 것이
시간이지만
보이는 모든 것에 당신이 있어
내 가슴을 들뜨게 합니다

지나가는 거리에
헤아릴 수 없는 진열품들이
내 안구에 가득 찹니다
예쁘고
소박하고 멋진
그런 것들이 나를 멈춰 세웁니다
그렇게 난 당신을 생각합니다
당신 또한 예뻐할지 걱정됩니다

매일 당신을 만나는
매일 뒤돌아서 가는 당신을 만나는
꿈과 현실을 구분하지 못하는

난 꿈결에 살아갑니다
깊은 한숨 몰아쉬고
날 안아주는 당신
꿈결 속에 아득한 당신의 미소
그렇게 살아가는
내 꿈결
행복한 환상

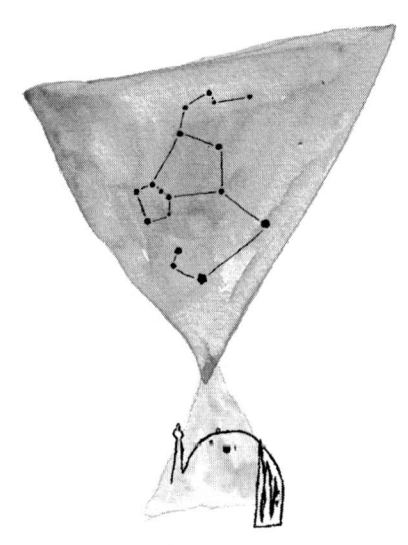

기원

내가 사랑하는 모든 이들은
나에게 희망을 줄 것이고
나 또한, 그 뜻을 저버리지 않을 것이다.

내 곁에 자리한 나의 지기는
늦은 밤에 술을 청하는
나의 슬픔을 이해할 것이고
불볕더위엔 한 그릇의 냉수를
차가운 겨울날에는
한 잔의 차를 끓이는
수고를 아끼지 않을 것이다.
나 또한, 나의 지기가
어떤 시간에, 어떠한 표정으로
나를 찾는다 할지라도
내가 바라는 모든 행동을
정성으로 해줄 것이다.

우리는 새벽길을 걸으며

대지의 정복자 같은 전율을 얻을 것이고

지금의 목마른 갈증을 위해서는

이상을 향한 끝없는 염원을 사랑할 것이다.

고달픔이나 어려움이

어떠한 형태로 나를 찾는다 할지라도

홀로의 다짐으로 이겨내는

자그만 용기를 보이고 싶다

그렇게 너는 걸어오고 있다

커피 향 가득하게
몇 번이나 꺼내 물었을
담배연기를 중화시키며
처음 앉았던 그 모습 그대로
창밖을 바라본다

차가 지나가고
사람들이 지나간다
휙 휙 지나가는 풍경 속에서도
나는 설레어 앉아 있다
10분이 지나도
1시간이 지나도
그렇게 1년이 지나가도
창밖 풍경은 변하지를 않는데
지루해지지 않는다

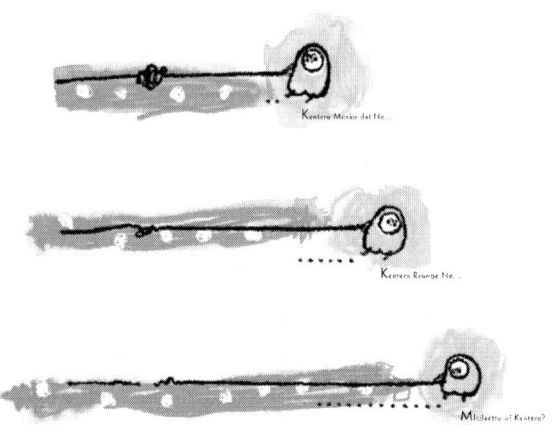

아무것도 변한 것이 없는데
창밖 어딘가에 네가 있다
그렇게 너는
내 설렘으로 걸어오고 있다

걸식증 1

먹다 먹다 지쳐 토악질을 하더라도
머리 꼭대기,
발 꼬락지 마디마디 사이까지
꾸역꾸역
채우고 채우다 채우다 넘쳐도
마지막엔 꼭 물을 마셔야지

포만감에 잠을 자고
잠에서 깨어나면 다시 고파지는 배
우악스럽게 먹더라도
한심스럽게 먹더라도
부둥켜안고 울어야지.
핍박은 말아야지

채우다 채우다 못 채우고
결국은 힘겨운 가쁜 숨소리
걸음 걸음소리에 점점이 각인하더라도

오늘은 먹어야지

허무하도록 비어진 내 영혼

무어라도 하나는

하나만큼은

후회 없이 채워야지

걸식증 2

배가 고파 아침을 먹습니다
아무렇지도 않게 간식을 먹고
배가 고파 오니 점심을 먹습니다
새참이라고 하던가요
그래요 그것도 먹었습니다
배 터진다고 엄살 부리며
저녁을 먹고 야참도 먹었습니다

배가 고파요
먹어도 먹어도
또 먹어야 해요
만족할 수 없는 포만감
토악질을 하면서 먹고
그렇게 불쌍한 나를 위해 또 먹어요

이 허기짐
채울 수가 없어요

공복감을 채울 수가 없어요

먹어도 먹어도 채워지지 않는

걸식증

이 몹쓸 사랑아

겨울비

비가 내린다
대지를 적시는
초록이 피어나는
꽃이 망울지고
새 생명의 기지개
눈부신 따스함
긴 겨울잠 동면까지 녹여버리는
이상한 봄비가 내린다
얼어붙은 강물
그 중앙
어정쩡한 자세로 서서
위태하게 그 비를 맞는다
아는 사람도
말리는 사람도 없이
혼자 맞고 있는
이상한 봄비가
내 겨울에 들어왔다

그는 알지 못했나 봅니다

내 꿈은 꿈이 아닌데
깨어나면 소멸해버리는
그런 꿈이 아닌데
그는 알지 못했나 봅니다.

인류의 본능인 사랑이
탄생부터 시작됐던 소망이
그가 아니면 얼마나 힘겨워질는지
그는 알지 못했나 봅니다.

나 이리도 지쳐
외로움에 기대어 있는데
아직도
그는 알지 못했나 봅니다.

고백

아직은 아니에요
말할 수 없어요
당신을 생각할 때면
애틋한 감정으로
눈물이 나지만
당신의 미소를 볼 때면
세상에도 없을 행복을 느끼지만
모르겠어요
두려움에 온몸이 떨려 와요

나에게 당신은 최고지만
당신께 최고가 될 자신이 없어요
당신 앞에 설수록
초라해져 움츠러들어요
미안해요
이만큼이 나였어요
여기까지 한계였어요

미안해요
사랑인데
사랑을 하는데
이성적인 생각으로
스스로 혹사하는
이런 사람이어서
정말 미안해요

나는 꿈을 꿉니다

나는 꿈을 꿉니다
자전거를 타고 하늘을 날고
바람에 몸을 맡기는 것만으로
사북에서 부산을 왕복합니다
우주에도 나가보고
날개달린 천사도 보았습니다
두 개의 해와 세 개의 달을 보고
신세계도 보았습니다

나는 꿈을 꿉니다
언제부터인가 꿈은 현실이 되어
더 이상
아름다운 세상이 보이지를 않습니다
아름다운 세상을 잃고
당신을 꿈꾸었습니다
아무것도 없는 세상에
당신이 나타났습니다
당신만 보입니다

아름다운 세상을 잃어버리고도
내 꿈은 더욱 행복해 합니다

나는 꿈을 꿉니다
하늘을 날지도 못하고
두 갈래 길에 서서
어디로도 못가고 서성거립니다
주저앉아 눈물도 흘립니다
화가 나지도 기쁘지도 않은데
행복합니다
당신이 계신 꿈속에서
당신 흔적을 찾는 일도 행복입니다
당신의 존재가 행복입니다

기대

단, 하루를 살더라도
네 사랑을
그 사랑을
독차지해 봤으면
원이 없겠다.

하루
하루로 이어지는 삶
그 삶들을
그런 기대감으로
살아왔다.

비바람

비가 오고
바람이 불고?

비가 불고
바람이 오고?

원래 비바람은
같이 불고
같이 오는 거 아니던가요?
아, 따로도 오는 건가요?

전 왜 비바람만 생각했을까요?

비가 없이 바람 불고
바람 없이 비가 와도
이제 저도 인정할까요?

그럼 이제 외롭지 않은 건가요?

첫눈에 반하다

내가 첫눈에 반한 그녀는 그 친구를 소개시켜주고 소개
받은 그 친구는 십년을 쫓아 다녔건만 자기 오빠 친구에
게 시집을 갔다. 그 집 식구들이 위로라고 해주던 우린 네
가 좋았다고 하던 말이 이젠 더 이상 아픔으로 남지는 않
지만 자랑하고 싶은 과거도 아니지만 위로는 되었다 단지
위로였다는 걸 안 지는 얼마 안 되었다. 번번이 차이고 번
번이 퇴짜 맞았지만 첫눈에 반하는 건 없으니까 첫눈에
사랑할 순 없으니까 다 그런 거니까 그러려니 했다. 내가
너를 볼 때도 그랬다. 사랑하지 않았다. 좋아하지도 않았
다. 진짜 그랬다. 첫눈에 반하지도 첫눈에 사랑하지도 첫
눈에 이 여자다 하지도 않았다. 진짜다. 그렇게 만난 너에
게 내 영혼을 보내고 빈껍데기로 살아갈지 몰랐다 몰랐다
십년 세월에 표현하지 못하던 사랑을 널 만나 사랑을 노
래하고 너로 인해 사랑을 글 쓸 줄 몰랐다. 그 몰랐던 세
월만큼 네가 살가울지 몰랐다 완벽한 너를 담는 게 이렇
게 어려울지 도무지 알지를 못했었다 이렇게 어렵게 너를
사랑한다.

지하철역 연인

손잡고 부둥켜안고
입술은 닿을 듯 말 듯
숨소리조차 생생하게
깔깔거립니다
행복해 죽을 것 같은
저 표정
저 표정이 제게도 행복이지만
옆에서는 눈을 감아버리고
앞에서는 푸념소리가 들리고
멀리서는 종말론까지 나옵니다

그 모든 것을 초월한
저들이 부럽습니다
부러워 부러워 미소만 지었습니다
모든 세상을 버리고
둘만이 행복한
그 행복을 보며 눈물이 났습니다.

하루에 한번

하루에 한번
그대 목소리를 들을 수 있다면
내 심장은 멈추어 있어도 좋다
그대 목소리가 없는 날의
내 심장은 천둥처럼 귓가를 울리고
아무 소리도 듣지 못하고
눈앞도 보이지 않는 어둠이다

하루에 한번
그대 얼굴을 볼 수 있다면
내 영혼은 없어도 좋다
하루
시 분 초
그대를 볼 수 있다는
핑계거리로 살아남는다

하루에 한번
그대와 인연을 이어갈 수 있다면

내 옆에 있어준다면
그렇게 대화를 해준다면
나는 악마도 살갑다

하루에 한번
그대 존재를 느끼지 못한다면
그 날이 내 절망이다
안절부절 못하여 헤맨다
그렇게 살아가는 나
네가 있어 행복한 삶
그렇게 사랑스런 너
고맙다

천 년의 망설임

아직도 나는 망설이고 있다
목소리만으로도 행복해지는
너는 저 앞을 걸어가고 있는데
나는 가까이 가지를 못한다
손을 뻗지를 못한다

망설임이 내 사랑이다
백설공주보다 예쁜 너는
백마 탄 왕자가 나타나야 한다
멋진 왕자와
초라한 자격지심 나는
상대가 되지를 않는다

나는 망설인다

백 년 전에도
천 년 전에도
나는 그렇게 망설이고만 있다

사랑하는 만큼

행복하기를 바라는 만큼

아파하며 망설인다

천 년의 기다림

천 년의 사랑

천 년의 망설임

후천적 사랑 결핍증

아름다운 건 사랑이라고
꿈처럼 소설처럼
가득한 설렘으로
사랑을 꿈꿉니다.

당신 눈으로 보이는 세상이
내가 바라보는 당신이
행복의 모든 것입니다

당신께서 꿈꾸는 모든 것은
나의 꿈입니다
당신의 관심사는
나를 공부하게 만들고
내가 없어도 나는 행복합니다

아픈 것은 사랑이라고
천둥처럼 가슴을 헤집습니다
번개치고 남겨지는

여운을 느끼기기도 전
아픔은 폭우가 되어
세상의 어둠이 됩니다

내가 아닌 나로
그렇게 주저앉아 버립니다.

하루를 넋 놓고 살아갑니다
그 매일에 익숙해져
설렘을 잊어갑니다
사랑결핍증으로
무너진 면역체계
이제는
아프지도 않습니다

하루

맑은 하늘
푸른 햇살

습도 높은
장마철

태풍 속에 던져진
힘든 일과

생각해 보니
당신과 만나는 내내
난 하루를 살고 있습니다

봄 여름 가을 겨울
각기 다른 추억에 몸서리치지만
이제야 알게 된 것입니다

하루 동안

일생을 사랑합니다

일생을 살아갑니다

당신 없는 일상이

바로 내일입니다

행복한 날들

"나 사랑해?"

"바보 손 줘 봐"

그녀의 손이 내 설렘으로 다가온다

두근두근 두근두근

"너 등산하는구나"

"바부팅"

"바부팅이 뭐야?"

"있어 그런 거"

"너 나 좋아하니?"

"어"

"왜?"

왜? 왜? 왜 왜 왜

난 널 왜 좋아하지?

왜?

네가 좋은 이유가 뭐지?

난 왜 널 좋아해야 돼?

너 나한테 뭔 짓 했어?

"너 나 싫어?"
"싫은 건 아닌데…"
"그럼 뭔데?"
"그냥 친구면 안 돼?"
친구면
안 돼…
친구면…

마셔도 취하지 않는 술과
울어도 눈물 나지 않는
이상한 마법에 걸린 그날
너만 있다면
그저 나는 행복한 나날들

이렇게

"자기야 사랑해 이렇게?"

이렇게?

그 한마디로 견딜 수 있는
오백만 년 세월

그 매력에 살아가는
남겨진 천만 년

억만 광년도 견뎌지는
"자기야 사랑해"
이렇게 하면 돼?

살 떨려오는 전율을
추억으로 안고
난 어떻게 버티면 되는 걸까
이렇게? 그냥 버티면 되는 거니?

보고 싶다 보고 싶다 보고 싶다

보고 싶다
보고 싶다
보고 싶다

하루가 한 가지 생각입니다
보고 싶다는 생각 하나로
나 이리도 설레여 합니다

그대 이름을 부르기도 전에
그대 얼굴을 떠오르기도 전에
가쁘게 숨이 차오릅니다

넋 놓고 앉아
미친 듯이
당신이 보고 싶습니다

응

"사랑해"
"응"

"사랑해"
"안 돼 이제 나 사랑하지 마"
"응"

이러면
네 마음이 편해질까
내 아픔이 치유될까

봄

바람에 떨어지는 벚꽃 길을

영화처럼 우아하게 걸어가고 싶습니다

내리는 봄비 겁내지 않고

천천히 걸으며 맞으며

봄을 느낄까 합니다

꽃 잎사귀 떨어져

파란 새싹 돋는 길에

느린 걸음으로 산책할까 합니다

아무런 소음이 없는 곳에

그저 걸어가고 싶습니다

두근거리는 심장소리가 행복합니다

두어 걸음 떨어진

당신이 나를 살아있게 합니다

살아있어 행복한

봄입니다

이렇게 맞이하는

그대가 있어 행복합니다

불감증

꽃은 왜?

피고

햇살은 또

어디에서…

아무것도 느낄 수 없는

암담한 미래가 있고

눈 떠질 것 같지 않은

깊은 잠의 유혹이

시작되었다.

비 내리던 날의 환상

나발로 나발로
횟술을
진정제처럼 마시고
시간도 모른 채 잠들던

그날
내 화려한 꿈으로
문, 똑 - 똑
부름소리로 오신 당신
방문을
빗장을
반가움도 잊어버린 마음으로
미친 듯 열어젖히는
내리는 비와
더한 그리움과
그 오후의 낮술 몇 잔

미운 사람

네가 밉다
아무리 생각해도
곱씹고 곱씹어도
변하지를 않는다
내 영혼을 앗아가고
내 심장의 박동 수를 조작하고
내 일상을 흔들어 버린
네가 밉다
네가 없으면 아무 것도 못하는
나도 밉다

미워서 미워한다
좋아 죽을 만큼 미워한다
이렇게 미워하다 죽어도
남을 한도 없이 미워한다
미워한다
미워한다

좋아 죽을 만큼

사랑하는 만큼

내 행복의 크기만큼

너를 미워한다

그 미움만큼

너를 사랑한다

친구라서 아픈 날

차라리 모를걸 그랬어
사람을 만나 아파지는
이런 경험쯤
사춘기에도 다 지나간 이야기지

친구할래?
그 해맑은 미소로
그 아름다운 입술로
친구할래?

친구할래?
그렇게라도 있을 수 있다면
그 자리가 네 옆이라면
그래
친구할까?

친구할까?

그렇게

난 친구밖에는 안 되는 거구나

안 되는 거구나

안 되는 거구나

친구가 되어 이렇게 아프구나

그렇게 눈물이 나는구나

걸정

언제부터인가
백치가 되어 갑니다
해야 할 일들을 잊고
지금 무엇을 하는지
내일은 어떻게 살아야 하는지
생각을 못하고
넋을 놓아 버립니다.
아무 생각이 나질 않습니다
아무 기억도 나질 않습니다
심장소리만 요동을 쳐
머릿속을 채웁니다

생각만으로도
힘이 되는 사람이 있습니다
지친 듯 쓰러지다가도
이름 하나로 일으켜 세웁니다
목소리 하나로 살아가게 합니다
그런 당신을 만나기 위해

천 년을 기다려 왔나 봅니다
이런 떨림이 있기 위해
천 년을 울었나 봅니다

이 기막힌 절정
서 있기도 힘든데
걸음 떼게 만드는
이 기막힌 절정

아프고 아프다

아프고 아프다
내 심장에 들어온
넌 도깨비풀 열매가 되어
호흡 차분한 때를 기다려
혈관을 일주한다
밤송이 가시보다
날카로운 입김으로
온몸 바늘구멍으로 헤집는다

나가고 싶은 너를
내가 잡고 있다
몸 웅크려 부여잡고
"제발"
애원한다

아프다
"제발"

난 널 보낼 수 있을까?

어느 가을날 문득

아파
너무도 많이 아파
누워 있었다

침묵을 약으로 달이고 있는데
내가 정말 아픈 걸까?

갑자기
술을 마시고 싶다

그래
이를 악물고 참았다
마음의 병 술주정 할 것 같아
마음의 병 내가 울 것 같아

흔적

그대는 어디에 계십니까
내 나라 육지의 절반도 못 돌고
당신이 보이지 않는다고
이렇듯 한탄을 합니다.
수십 번의 겨울이 가고
이제 다시 겨울입니다.
힘겹고 가늘어진 숨결
이제 나는 당신께
당당히 흔적을 요구합니다.

나는 가끔은 여자가 되고 싶다

당신의 속내가 궁금할 때

당신의 사랑이 절실할 때

지금처럼

당신은 지금처럼
자리를 지키면 됩니다
지금처럼만
제 주위에 있으면 됩니다
많은 바램으로
당신을 바라보지만
그 모든 바램을 버린다 해도
당신을 잃는 것보다는 나으니까
못 본다는 것은 아픔이니까
지금처럼만 있어 준다면
행복으로 알겠습니다

이제 사랑을 말하지 않고
당신을 예쁘다 보고프다
그립다 말하지 않겠습니다
그저 바라만 보아도
가슴 설레는 사람입니다

그 사람 곁에 설 수 있어
행복한 시간입니다

더 가까이
더 멀리
거리를 두지 않겠습니다
당신을 바라볼 수 있는
지금의 거리에서
난 충분히 행복합니다
당신은 지금처럼
자리만 지키면 됩니다
말하지 않아도 설렘입니다

가을 낙엽

버릴 건 버려야 한다
시작되는 봄으로 솟아나는
새순조차
상처 입은 잎사귀는 떨어지고

바람에 날리고
비에 떨어지고
낙엽은 여름에도 떨어졌다

떨어지는 낙엽
절정의 가을
우수수 떨어지는

세상이 동면을 준비할 때
나만 홀로
갈색 잎사귀
보듬고
보듬고

겨울까지도 보듬어온

내 잎사귀

버릴 건 버려야 한다

가슴 뛰는 키스를 위한 단상

가슴이 뛴다는 것
숨이 헉 헉 차오르고
그로 인해 몰아서 숨을 쉬고
그대 얼굴을 보는 것만으로
짜릿한 전율이 인다는 것
이런 악조건으로
그대를 사랑합니다
약한 심장으로 바라보지도 못하는
소심함에 다가서지도 못하는
씽
부는 바람에도 내려앉는 가슴입니다

그런 그대와
이런 내가 키스를 합니다
4차선 대로변에서
들리는 인기척 속에서
질투도 좋고
비아냥도 좋아요

모든 좋은 이 순간

그대와 이런 나

가슴이 뛰었으면

나처럼 그대도 가슴이 뛰었으면

그런 키스였다면

난 또 자지러집니다.

당신이 보고 싶습니다

당신이 보고 싶습니다
당신이 당신의 생활에 바쁜
하필 이 시간에
나는 여유로운 시간이 되어
당신을 찾게 됩니다

보고 있어도 그리운데
볼 수 있다는 사실로 설레는데
당신 볼 날을 기다리며 살아가는데
이 모든 기대감이
허망하게 사라집니다

기대감에 커지는 실망을 알기에
기대를 않기로 합니다
전화를 줄이고
그대 목소리를 안 듣고
모습도 외면합니다
그 많은 노력에도

아침이면 기억 상실증에 걸려
당신 생각으로 시작되는 하루입니다

하루 종일 망상에 시달립니다
당신은 나를 피하는 것입니다
당신은 내가 미운 것입니다
아님 내가 실수를 했을까…
내가 잘못을 했을까…
내가 내가 뭘…

이 미친 그리움에
당신이 보고 싶습니다

연애편지

눈이 내립니다
온 세상이 새하얀
내 마음도 들뜨는
이런 날에
당신께 편지를 쓰고 싶었습니다
그 기다림의 시간
하루
하루가 절정이고
매시간 떨림이 멈추질 않습니다
당신의 표정 하나하나
당신의 한마디 한마디에
온몸 긴장을 하는데도
몇 초 몇 분
꿈을 꾸는 순간에도
당신은 저를 놓아주지 않습니다
그래서 행복합니다
행복하면 백치가 되나 봅니다
눈이 내립니다

온 세상이 새하얀

이 들뜸은 당신이었습니다

내 안에 가득한

당신이 있어 행복합니다

이 설렘에 모든 생각을 지웁니다

눈물

넌 나의 눈물이다
멀어 있기에 더욱 눈물이다

네 슬픔을 들어주지 못하고
네 아픔을 감싸주지 못하고

착한 마음도 예쁜 얼굴도
너무 멀어
넌 나의 눈물이다

안쓰러워 울다
이런 나에게 지쳐 또 운다
울고 또 운다

돌려 세우지 못한
후회로
울며 서 있다.

비

호수 같은 비가 내려
가로등 끝까지
위태위태합니다
담배의 꽁초까지 휩쓸린 심정이야
한숨까지 힘겨운 암담함입니다.

그 무게로
가슴이 짓눌려 있습니다.
옹알이 맺혀있는 가슴
펑펑 울음을 울고도
도무지 풀리지를 않습니다.

그 답답함에
다시 비가 내리고 있습니다.

내 젊은 날의 절망

세상의 모든 아침은 사라졌다.
얼어붙은 얼음장
그 강바닥을 유영하며
절망의 시작을 보았을 때부터
나의 하루는
어긋나기 시작했는지도 모른다.

한 움큼
뿌듯한 희망을 거머쥐어도
허무히 새어져버리고
어둠의 기나긴 터널
그 어디쯤에 격리되어 있을
내 영혼의 아슬한 회고들…

아픈 가슴을 끌어안고
얼마나 더 걸어갈 수 있을까
한 겨울 깊은 냉기는
걸어야 할 모든 길을 얼려버리고

공허한 웃음 속
나는 또 이대로
주저앉아 버린다.

웃어보이리라.
세월의 깊이가
그리움을 대신해 주지는 않고
마음속 수많은 슬픔도
결국은 스스로의 번뇌일 뿐
아무도 울어주지 않는다.

습관성 불면과
의무적인 움직임
힘겨움의 상실 속…
술을 마시고
담배를 피우며
오늘도 하루를 살아낸다

난 어떡하니 이제

난 어떡하니 이제
아무것도 하지도 못하고
떨어지는 벚꽃
바라만 봐야 하는 거니
피는 도라지꽃
바라만 봐야 하는 거니

은행잎 떨어지고
눈보라 쳐도
바라만 봐야 하는 거니

이렇게 흘러가는 시간
떠나보내는 시간
난 바라만 보고 있어야 하는 거니

쳇바퀴 맴돌다
쳇바퀴만 원망하다
그냥 그렇게

시간만 보내야 하니

난 어떡하니 이제

숨이 막히는데

너 없는 세상을 꿈꾸지 못하는데

홀로 일어설 힘도 없는데

이렇게 남겨진

너 없이 남겨진

난 어떡하니 이제

어떡하니

숨도 쉴 수 없는

네가 없는 세상을

너 없이 살 수 없는 세상을

난 이제 어떡하니

바람 부는 날

당신이 없는 하늘에
바람이 불었습니다.
당신을 잊고 살아온
세월의 깊이만큼이나
떠다니는 새털구름
아득하기만 하고
희미해질 대로 희미해진
그대의 영상은
바람보다도 빨리
산을 넘어가 버립니다.
답답한 마음과
복잡한 마음으로
담배 한 모금
무심히 하늘로 날려보지만
연기 날아가기도 전
절망적인 어지러움으로
나는 비틀댑니다.
쓰러지지 않으려 붙잡을 수 있는

내 몫으로 남겨진 것이라고는
바람에 쌓여 방황하는
저 새털구름뿐입니다.
허공을 휘젓는 손끝에
눈물만 묻어납니다.

거짓말

1

당신을 사랑합니다
소소한 일상에 호기심이 생기고
상상으로 동선을 그립니다
멀어지면 마음이 아려오고
가까워지면 설렙니다
만나는 것도 아닌
홀로 그려진 동선에
종일 그대가 아른거립니다.

모든 약속을 합니다
당신의 모든 것을 사랑하고
당신의 모든 말을 들을 것입니다

2

당신께서 당신을 버리라 말합니다
당신을 사랑하지 말라 말합니다
당신을 지우라 말합니다

"네"라고 말할 수 없습니다
그대 모든 것을 사랑한다 했는데
그대 모든 말을 들어준다 했는데
나는 이렇게
거짓말을 하게 되었습니다
사랑이 거짓말을 만듭니다.
사랑에 빠져 거짓말쟁이가 됩니다.

여운

그대가
내 사랑의
마지막 여운인 듯합니다

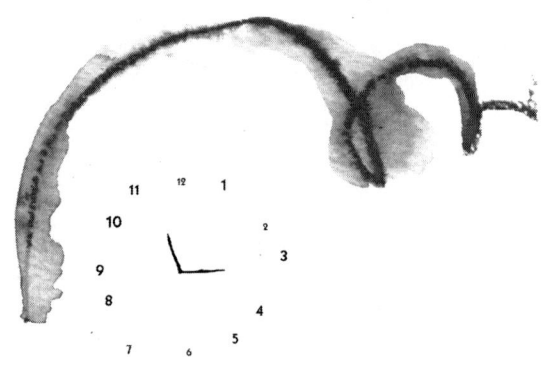

사랑했습니다

사랑하지만
그 사랑을 표현할 수 없는
많은 제약들로 나는 슬퍼합니다.
영혼은 끝없이 사랑을 갈구하고
육신은 끝없는 인내만을 요구합니다.

사랑을 하기는 쉽지만
사랑을 받기는 너무 힘이 들어
매일을 탈진하여 살아가고
그로 인한 무표정이
어느덧 습관이 되었습니다.

사랑이란 이런 것이었다고
결코 아프지만은 않았다고
이제는 그만
허허 웃으며 말하고 싶습니다.

사랑의 죄

침묵을 무기로 미소를 지었습니다.
세상에는 없을 어색한 미소이기에
그대도, 그렇게 눈치로 아셨겠지만
여전히 나처럼 말이 없으십니다.

제발, 애원해도
미안함으로 떠나실 당신이기에
마음처럼 울고 싶습니다만
죽음처럼 어두운 암울함에
모든 세상의 언어들이 침묵을 지키고 있습니다.

그대 일어나심에 끝날 침묵이라지만
그 후에도 계속되는 침묵은
나의 죄악입니다.
당신을 사랑한 죄로
당신께 잊혀진 죄로
내가 감당해야 할 인내의 세월입니다.

너도 사랑을 해봐

악담인 듯
고백인 듯
나도 모르게
당신 가슴에
못을 박고야 말았습니다.

어떤 경험으로
당신 가슴 시려올지 모르나
그대 사랑으로 살아갈 날 오면
그때는 이해도 하겠지요.

술 취하는 밤

오늘도
한 잔의 술로 시작합니다.
언제나 뻔 하게 진행될
주인공 남녀의
로맨틱 코미디에 빠져
밤을 새던 날
한 잔의 술이
몇 병이 되곤 했더랬습니다

외로울수록
코미디에 미쳐가듯이
눈물 나도록 웃어본 일이
아득합니다
설령 누군가가 있다한들
또 무엇이 다를까마는
외로움이란 병은
무시무시한 속도로
인생을 갉아 먹는 듯합니다

어둠은 술에 취해 비틀대고
나는 코미디에 빠져
킬킬거립니다
그런 내 옆에서
거울 속 그림자가
안쓰럽게 한숨을 짓습니다.
이렇게 행복한데도 말입니다

기다림

맑은 날의 어느 날이 흐린 듯 느껴져
울음이 몰려와 한참을 오열한다.
이제는 오지 않을 사람이지만
미련보다는 소중함으로
기다림의 시간을 끌고 싶다.

기다림의 장소엔 허망함이 깔려있다.
언제나 공허함이 가득해
그 무력감에 주저앉는다.
시간을 기다리기보다는
떠나보내며 슬퍼했다.

가끔은
체념하는 묘미도 있었으면 좋겠다.

자또자기

몇 날 며칠

술이 고파옵니다

수십 년은 살아야

이겨낼 수 있을 것 같은

나의 나약함이

이젠 놀랍지도 않습니다

궁핍한 변명

- 사랑해 -

진실성으로
믿음의 증거로
너만을 사랑한다고…

- 여전히 그렇게 사니? -

너로 인해
가슴이 시려오고
더 이상은 사랑도 못해
사랑 없이는
아무것도 할 수 없는
고질적인 알레르기 양성반응

슬픈 해후

저도 슬픔을 알아요
그대가 느끼지 못했다고
탓함은 아니지만
알아주서야 해요
알아야 해요

그대가 보시지 못한
제 시린 가슴의 우울증
아픔도 보이지 않은 채
사랑하며 사랑으로
포옹한 채 살아있어요

죽지는 않았어요
한번 슬펐다고
한번 사랑했다고
모두가 죽지는 않아요

당신이 미소만큼이나
내 눈물도 환하게 웃고 있어요

태양이 사라지다

오늘 태양이 사라졌습니다

겨울에는 세상 가득한 한기에
양지를 만들어 온기를 주고
여름에는 온몸 땀샘을 자극해
지독히도 나를 괴롭히던
그 태양이 사라졌습니다

그렇게 혹한의 겨울은 시작됩니다
이제 곧 온 세상은 얼어버리고
나무들도 숨을 멈출 것입니다
아직은 남아있는 공기로
얼음에 간힌 산소로
세상은 살아 있을 수도 있지만
이제 곧, 일 것입니다

암흑 속에서
몇 번을 생각해봐도
세상은 그대로이고
변한 것이 없습니다
이런 어둠은 언제나 있었고
밤에는 태양이 없었습니다

숨 막히는 답답함
조급증
갈증
술에 취해야만 잠드는 절망
태양 하나 잃었을 뿐인데
모든 것이 사라져 갑니다

당신이 없는 세상에서

좋은 아침이 슬퍼 마신
커피 한 잔
라면 한 봉지
선심 쓰듯
먹어주는 오후

어둠의 하강
별들의 승천
이런 시간은
훨씬
현실적인 방법으로
가혹 행위를 할 수 있는
좋은 지침서 같은 진리에
목이 메는 밤

술을 마시며
노래하던 새벽녘

마법의 주술

공허하게 미소 지으면

철저히

내가 죽어가고 있음을

만족하듯 깨닫는다

당신도 인간이었습니다

다시는 만나지 않으려 했던
내 앞에 당신이 있습니다
나는 미소 지으며
당신에게서 나를 바라봅니다

당신을 만나면
내 심장이 터지는 줄 알았습니다
당신을 만나면
내 눈에서 눈물이 나는 줄 알았습니다
당신을 만나면
아무 말도 못할 줄 알았습니다
호흡 곤란에 흐르는 눈물로
차마 당신 얼굴도
바라보지 못할 줄 알았습니다

나는 미소를 짓고 있습니다
당신 얼굴도 빤히 바라다 봅니다
숨이 차지도 심장이 뛰지도 않습니다

조용한 휴식의 편안함
일 년도 안 되는 시간에
당신은 여자가 되었습니다
인간이 되었습니다

그럼
당신은 어디에 계십니까?

미안합니다

미안합니다 그대
이제와 생각해보니
모든 것 제 잘못입니다
당신의 해맑은 미소와
쾌활한 하루 일상을
가장 아름다운 당신의 매력을
내 스스로 어지럽혔습니다

이제 그만, 하시는
당신의 서운함에
무너지는 세상에 사는 듯
온갖 투정을 부렸습니다
영원히 사랑하겠다고
고백을 해놓고도
떠나가는 당신을 잊으려 했습니다
미워하고 원망하고 멀어져서
세월의 약에 의지하려 했었나 봅니다

당신의 아픔을 보지 못해서
당신의 슬픔을 보듬지 못해서
미안합니다
나만 생각해서 미안합니다

왜 그랬을까 1

바람에 흔들리는 갈대처럼
난 왜 그리 쉽게 너를 보냈을까
사랑에 목숨 건다던 나는
왜 그리 쉽게
목숨을 내동이 쳐 버렸을까

왜 그랬을까 나는
세상 무엇과도 바꾸지 않을 보물을
멀어져 가는 보물을
난 왜 그리 초연하게
냉정하게 바라만 보았을까

후회할 줄 알면서
아파할 줄 알면서
뻔히 눈물 흘릴 줄 알면서
왜 난 남자답게
가는 널 바라만 봤을까

왜 그랬을까 나는
내 모든 열정이 떠나가는데
난 왜 차가운 심장을 선택했을까
사랑하는데 믿음을 못 주었을까
왜 나는
내 사랑을 지켜주지 못했을까

왜 그랬을까
왜 나는
바보같이 붙잡지 않았을까

왜 그랬을까 2

맑은 하늘
파란,
난 왜
저 하늘에
비를 내리려고 했을까?

반짝이는 밤별들
고단한 하루를 위로하는
달빛
소음마저 감싸는
이 어둠 속에서
나는 왜
세상을 지우려고 했을까?

마음은 시린데
온몸에 땀 마를 날 없는
나는

왜 나는
북극 빙산만 담고 있었을까?

왜 그랬을까 나는
사랑하는 너를
잊으려고 했을까
있을 때도 없을 때도
똑같은 그리움이라면
난 왜 널 잊어야만 하는 걸까

난
왜
먹구름만 보았을까?

회상

얼음을 심장에 품고
나는 바람에 흩날리고 있다

자유로워진 내 영혼은
지금이 가장 이성적이다

금단현상도 없고
술도 취하지 않았다

날씨는 온화하여
춥지도 덥지도 않다

이렇게 좋은 날도 흔치 않다

가장 완벽하게
이성적이 되어
나는 너를 회상한다

회상한다
하다가
하려다가
심장 얼음이 녹아
눈물샘을 자극한다

이성적이 되어서도
난 너를 회상할 수 없다
내 스스로 널
과거로 보내지를 못하겠다

사랑 1기를 보내며

사랑은 행복한 걸까?

아 그래!
나는 행복했었구나
사랑하는 내내 행복했었구나
그 달콤함에 빠져
앞도 안 보이고 뒤도 안 보이고
너만 바라보다 배부르다
그렇게 난 행복했었구나

사랑은 아픈 걸까?

아 그래!
나는 아파했구나
설렘도 아프고
터질 것 같은 심장도 아프고
기다림도

외로움도
너 없던 모든 시간이 아픔이었구나

그래 난 사랑을 했었구나
화산처럼 솟아올라
온 세상을 태웠구나
태우다 태우다
제 풀에 지쳐 주저앉았구나
밀당 한 번 못해보고
사랑하다 헤어지다
사랑 1기가 지나갔구나

사랑 2기…
다시 사랑을 할 수 있다면
마음을 열 수 있다면
산들바람이 되고 싶다
나무늘보가 되고 싶다

사랑 1기를 보내며 2

이제는 어른이 되어야지
아파하지 말아야지
슬퍼하지도
눈물 흘리지도
옷깃 여미며
맞이하는 겨울아침처럼
두려워 말아야지

흐르는 물처럼 살아야지
막히면 찰 때까지 기다려
새로운 시작을 만드는
강물처럼 인내해야지
갈대처럼 몸을 내맡겨야지

사랑하지 않으면서 사랑해야지
있는 듯 없는 듯
공기처럼 바람처럼 살아야지

감정에 휩쓸리지 말아야지

사랑하면 하는 대로

떠나가면 가는 대로

아파하지 말아야지

이제는 어른이 되어야지